KB264431

널 만나서 정말 다행이야~

미야니시 타츠야 글·그림 | 김지현 옮김

옛날 옛날 아주 먼 옛날,
아기 스피노사우루스가 바다가 내려다보이는 언덕으로
빨간 열매를 따러 갔습니다.
바로 그때,

달리

캬우웅!
먹잇감을 구하던 티라노사우루스가
아기 스피노사우루스를 발견하고는
눈을 번뜩이며 다가왔습니다.

"으앙, 살려 주세요!"
깜짝 놀란 아기 스피노사우루스는 울먹이며
빨간 열매 나무 뒤로 숨었습니다.
"하하하, 이런 곳에서 나를 만나다니 너도 참 안됐구나."
티라노사우루스가 날카로운 이빨을 드러내며 말했습니다.

우적우적, 쿵!
티라노사우루스는 조금의 망설임도 없이
빨간 열매 나무를 깨물어 쓰러뜨렸습니다.
벌벌 떨고 있는 아기 스피노사우루스가 보이자
한입에 꿀꺽하려고 입을 크게 벌렸지요.
그 순간,

우르르 쾅쾅! 우르르 쾅쾅쾅!
엄청난 지진이 일어났습니다.
쿵쿵쿵쿵, 쾅쾅쾅쾅.
쾅쾅쾅쾅, 쿵쿵쿵쿵.
땅이 몹시 흔들리더니 이내 언덕에도 금이 가기 시작했습니다.

쩌어어억.
순식간에 언덕은 두 쪽으로 갈라지고
아기 스피노사우루스와 티라노사우루스가 있는 쪽은
바다 한가운데로 떠내려가기 시작했습니다.
쿠구구구궁.
스르르르륵.

"이런, 난 수영도 못하는데……."
티라노사우루스가 한숨을 내쉬며 말했습니다.

"저, 저도 수영 못해요. 우리 이제 어쩌면 좋죠?"
눈물이 그렁그렁한 채로 아기 스피노사우루스가 물었습니다.
"뭐라고? '우리 이제 어쩌면 좋죠?'라니.
넌 나한테 곧 잡아먹히게 될 거야!"
티라노사우루스는 아기 스피노사우루스를 번쩍 들어 올렸습니다.

"아, 안 돼요. 저를 지금 잡아먹으면 안 돼요!"
아기 스피노사우루스가 다급히 외쳤습니다.
"저는 물고기를 아주아주 잘 잡아요.
오늘부터 아저씨에게 물고기를 잡아 드릴게요.
아저씨는 맛있는 물고기를 날마다 배불리 먹을 수 있어요!"

"하지만 저를 지금 잡아먹으면,
아저씨는 내일부터 배가 고파서
결국 굶어 죽을지도 몰라요.
그러니까, 제 말은……
저를 지금 잡아먹으면 안 돼요.
아, 아시겠죠?"

"너 정말 물고기를 잡을 줄 아는 거냐?"
티라노사우루스가 묻자,
아기 스피노사우루스는 바다에 얼굴을 첨벙 담그고는
순식간에 물고기 한 마리를 덥석 잡아 올렸습니다.
"오, 제법인데!"
티라노사우루스는 굉장히 기뻤습니다.

"냠냠, 맛있구나. 맛있어! 계속 잡아 오거라."
엄청난 양의 물고기를 해치우는 티라노사우루스 때문에
아기 스피노사우루스는 물고기를 잡느라 기운이 쪽 빠졌어요.
그렇게 조그마한 섬에서 둘만의 생활이 시작되었습니다.

어느 날 밤,
"제 이름은 '엥엥'이에요. 울보라서 모두 그렇게 불러요.

아저씨 이름은 뭐예요?"

아기 스피노사우루스가 티라노사우루스에게 물었습니다.

"흠. 내 이름은…… '처음'이란다."
"처음 아저씨, 아저씨는 왜 이곳에 오신 거예요?"
"처음 아저씨? 그래, 뭐 그렇게 불러도 상관없지.
나는 먹잇감을 찾으러 빨간 열매 나무 근처에 갔었다.
그러는 너는? 엥엥 너는 왜 이곳에 온 거냐?"

엥엥은 슬픈 목소리로 대답했습니다.
"엄마가 아파요. 빨간 열매를 먹으면 나을 수도 있다고 해서……
프테라노돈 아저씨에게 들었거든요."

"그랬구나. 엄마 때문에 온 것이구나……."

"우리 엄마 괜찮을까요? 지금도 나를 기다리고 계실까요?"

엥엥은 엄마 생각에 울음을 터트렸습니다.

"엥엥, 엄마는 분명히 괜찮으실 거다. 지금도 너를 기다리고 계실 거야."

티라노사우루스는 상냥한 말투로 엥엥을 다독였습니다.

"고맙습니다, 아저씨."

티라노사우루스는 자신의 귀를 의심했습니다.

"고맙습니다."는 태어나서 처음 듣는 말이었으니까요.

다음 날, 물고기를 잡으러 가려는 엥엥에게
티라노사우루스가 방긋 웃으면서 말했습니다.
"오늘은 물고기 말고 빨간 열매를 먹자."
그렇게 말하고는 두 손 가득 빨간 열매를 따 왔습니다.
엥엥은 빨간 열매를 실컷 먹을 수 있다는 생각에 신이 났지요.
"아저씨, 대단해요!"
티라노사우루스는 "대단해요."라는 말도 처음 들었습니다.

"냠냠, 맛있다. 아저씨도 좀 드세요."
티라노사우루스는 빨간 열매 한 알을 꿀꺽 삼켰습니다.
"맛있구나. 어쩌면 너보다 맛있을지도 모르겠다, 하하하."
"헤헤, 그럴지도 몰라요. 아저씨는 정말 재미있어요."
티라노사우루스는 "재미있어요."라는 말도 처음 들었습니다.
'이 녀석 엄마에게도 얼른 빨간 열매를 먹이면 좋을 텐데……'
티라노사우루스는 생각했습니다.

다음 날,
먹잇감을 구하던 타페야라가
엥엥을 발견하고는
하늘에서 날아왔습니다.

엥엥은 기뻐하며 말했습니다.
"아저씨, 멋있어요!"
티라노사우루스는
"멋있어요."라는 말도
처음 들었습니다.
티라노사우루스는
엥엥에게 달려드는
타페야라를 꼬리로
힘껏 내리쳤습니다.
철―썩!

며칠 후,
엄마 생각에 슬퍼진 엥엥이
훌쩍훌쩍 눈물을 훔쳤습니다.

티라노사우루스는 아무 말 없이
엥엥을 꼭 안아 주었습니다.
엥엥은 눈물을 닦으며 말했습니다.
"아저씨는 정말 상냥해요."
티라노사우루스는 "상냥해요."라는 말도
처음 들었습니다.

티라노사우루스는 엥엥에게
"고맙습니다, 대단해요,
재미있어요, 멋있어요,
상냥해요."라는
말을 들을 때마다 마음이
따뜻해지는 것을 느꼈습니다.

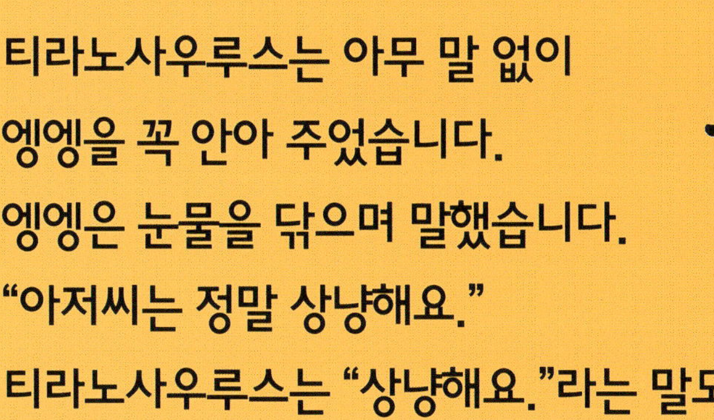

티라노사우루스가
엥엥에게 말했습니다.
"너를 만나서……."
그때였습니다.

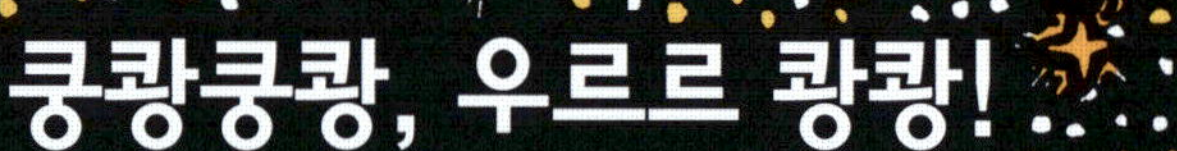

쿵쾅쿵쾅, 우르르 쾅쾅!

또다시 엄청난 지진이 일어났습니다.

쾅쾅쾅쾅.

쿵쿵쿵쿵.

바다에 떠 있던 둘만의 섬이 흔들리기 시작했습니다.

섬은 뜻밖에도 지난번 지진이 일어났을 때
떨어져 나간 반쪽에 점점 가까워지고 있었습니다.
점점, 점점, 점점…….
아주 조금만 더 가면 육지에 닿을 수 있었지요.
하지만 지진이 멈추자 섬은 더 이상 움직이지 않았습니다.
"좋아, 지금이다!"

티라노사우루스는 엥엥을 꼭 안고
육지를 향해 힘껏 뛰었습니다.

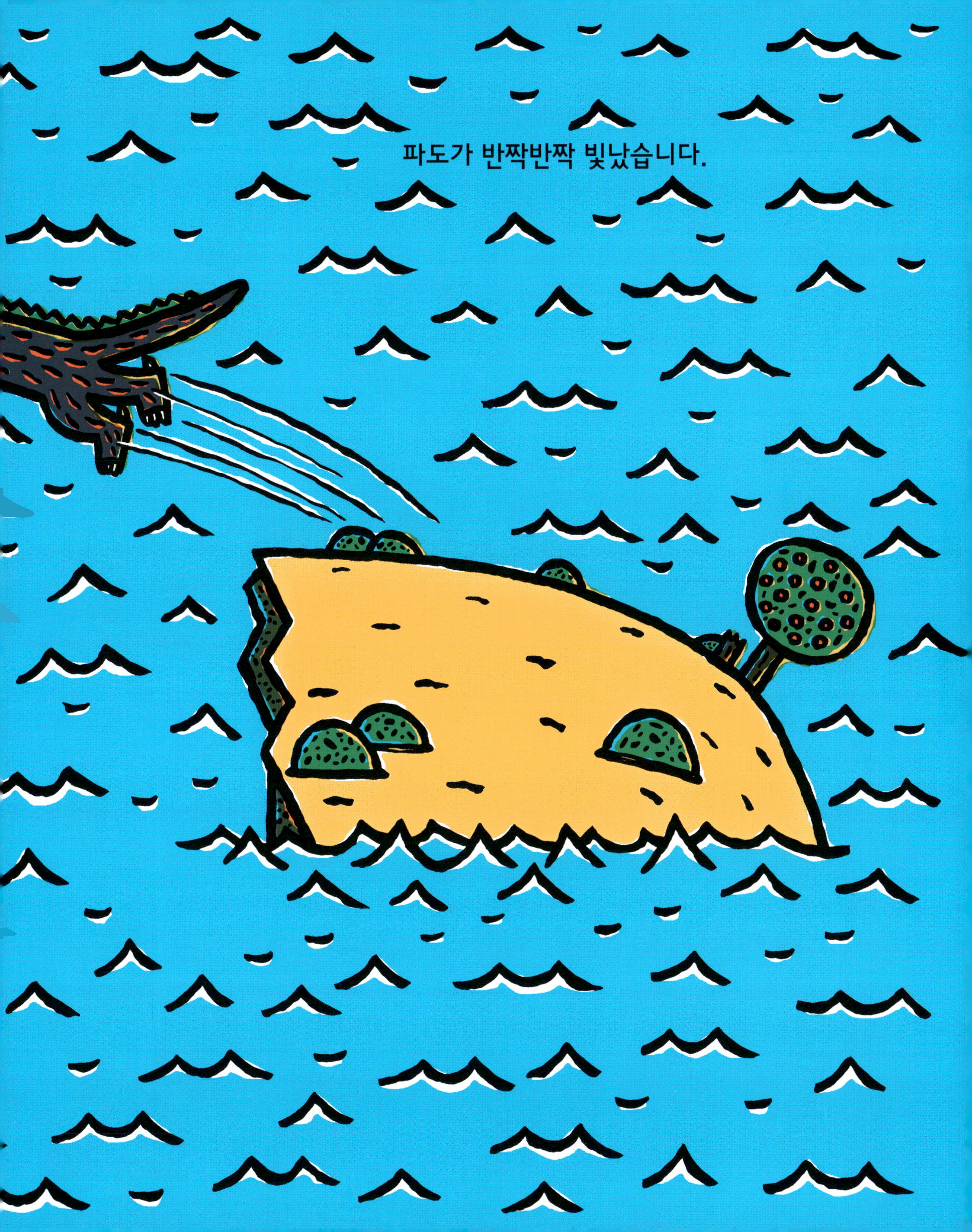
파도가 반짝반짝 빛났습니다.

쿠웅!
겨우겨우, 아슬아슬
둘은 육지로 건너올 수 있었습니다.

"해냈다! 엥엥. 우리 둘 다 이제 살았어!"
티라노사우루스는 기쁨에 잠겨 소리쳤습니다.
그러나 기쁨도 잠시,
티라노사우루스는 퍼뜩 생각난 것이 있었습니다.
"아, 맞다!"

캬우웅!
티라노사우루스는 조금 전까지 있던 바다 쪽 섬으로
다시 한 번 뛰어 건너갔습니다.

아그작 아그작, 쿵!
나무 기둥을 깨물어 빨간 열매
나무를 쓰러뜨렸습니다.

그리고 쓰러뜨린 나무를
단단히 끌어안고는
있는 힘을 다해—.

점프!

간발의 차이로 티라노사우루스는 바다에 빠졌지만
빨간 열매 나무는 다행히 육지에 올려졌습니다.
"이, 이걸 잊어버리면 안 되지…….
엥엥, 얼른 빨간 열매를 따서 엄마에게 가거라."
티라노사우루스는 바닷속에서 허우적거리며
힘겹게 말했습니다.
"아저씨를 두고는 아무 데도 안 가요!"
엥엥이 울면서 외쳤습니다.

"난 괜찮으니까, 빨리 가거라. 가야 해! 얼른!
나, 널 만나서 정말 다행이었어."
티라노사우루스는 그렇게 말하고는 깊은 바닷속으로
조용히 사라졌습니다.

"아저씨! 아저씨! 처음 아저씨!"
밤하늘에 엥엥의 울음소리만이 울려 퍼졌습니다.

그 뒤로 몇 년이 흘렀습니다.

수영을 배운 엥엥이 티라노사우루스와 지내던 그 섬을 다시 찾았습니다.

티라노사우루스가 쓰러뜨렸던 나무에 빨간 열매 두 개가 달려 있었지요.

엥엥은 열매를 한 알 먹으며 아저씨 흉내를 내 보았습니다.

"맛있구나. 어쩌면 너보다 맛있을지도 모르겠다, 하하하."

엥엥의 눈가가 금세 촉촉해졌습니다.

"처음 아저씨는 정말로 재미있고, 멋있고, 상냥한 분이었어요.

고맙습니다. 나도 아저씨를 만나서…… 정말 다행이에요."

미야니시 타츠야는 일본 시즈오카현에서 태어나 일본대학 예술학부 미술학과를 졸업했습니다. 인형미술가, 그래픽 디자이너를 거쳐 그림책 작가가 된 미야니시 타츠야는 개성 넘치는 그림과 가슴에 오래 남는 이야기로 전 세계 독자들에게 널리 사랑을 받고 있습니다. 〈고 녀석 맛있겠다〉 시리즈 외에도 《엄마가 정말 좋아요》, 《말하면 힘이 세지는 말》, 《신기한 씨앗 가게》, 《찬성!》, 《메리 크리스마스, 늑대 아저씨!》 등 많은 책이 우리나라에 소개되었고, 《고 녀석 맛있겠다》로 '겐부치 그림책 마을' 대상을, 《오늘은 정말 운이 좋은걸》, 《누구 젖?》으로 고단샤 출판문화상 그림책 상을 받았습니다.

김지현은 성신여자대학교에서 법학과 일어일문학을 공부했습니다. 지금은 책과 관련된 일을 하며 주말에는 번역을 하고 있습니다. 옮긴 책으로는 《나를 닮은 당신이 좋아요》, 《널 만나서 정말 다행이야》, 《엄마표 캐릭터 빵 만들기》, 《리락쿠마의 희망》, 《리락쿠마의 행복》, 《수납이 해결되는 Mari의 흑백 인테리어》가 있습니다.

널 만나서 정말 다행이야

1판 1쇄 펴냄 2014년 6월 9일
1판 19쇄 펴냄 2025년 12월 31일

글·그림 미야니시 타츠야 | 옮긴이 김지현
편집 장민형 | 디자인 심흥섭
펴낸이 박소연 | 펴낸곳 (주)도서출판 달리
등록 2002.6.4(제10-2398호)
주소 04008 서울특별시 마포구 희우정로 16길, 17-5
전화 02)333-3702 | 팩스 02)333-3703
ISBN 978-89-5998-099-4 74800
ISBN 978-89-90364-52-4(세트)